COLLECTION

SOLTYKOFF

ARMES ORIENTALES

Me CHARLES PILLET
COMMISSAIRE-PRISEUR
Rue de Choiseul, 11.

M. JUSTE
EXPERT
Rue Mazarine, 32.

PARIS. IMPRIMERIE DE PILLET FILS AINÉ,
RUE DES GRANDS-AUGUSTINS, 5.

COLLECTION SOLTYKOFF

CATALOGUE

DES

ARMES ORIENTALES

TELLES QUE

Armes et Ustensiles Turcs, Albanais, Arabes et de l'Inde,
Armes Hongroises, Armes de Perse,
Armes Tcherkesses et Géorgiennes, Armes Polonaises, Armes Russes,
Armes de la Chine et du Japon, Armes de Java et de la Malaisie,
Armes de la Boukharie et de la Mongolie,
Ustensiles Mexicains, Instruments de supplice,

DONT LA VENTE AUX ENCHÈRES PUBLIQUES AURA LIEU

HOTEL DES VENTES, RUE DROUOT, 5

GRANDE SALLE N° 7,

Les Lundi 25, Mardi 26, Mercredi 27 et Jeudi 28 Mars 1861,

A UNE HEURE

Par le ministère de Mᵉ **CHARLES PILLET**, Commissaire-Priseur,
rue de Choiseul, 11,
Assisté de M. **JUSTE**, Expert, rue Ménars, 12,

Chez lesquels se distribue le présent Catalogue.

EXPOSITION PARTICULIÈRE   **EXPOSITION PUBLIQUE**
Le Samedi 23 Mars 1861.   Le Dimanche 24 Mars 1861.

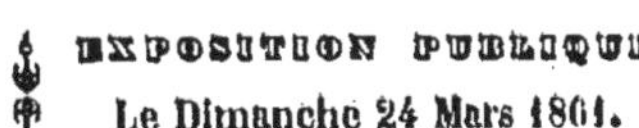

PARIS, IMPRIMERIE A. PILLET FILS AINÉ

RUE DES GRANDS-AUGUSTINS, 5

1861

CONDITIONS DE LA VENTE

Elle sera faite au comptant.

Les adjudicataires payeront *cinq pour cent* en sus des encheres, applicables aux frais.

Le Catalogue se distribue :

A *Paris,*	chez Me Charles PILLET, commissaire-priseur, rue de Choiseul, 11 ;
»	M. ROUSSEL, expert, rue de Moncey, 16 ;
»	M. CARAN, expert, rue Blomet ;
»	M. JUSTE, expert, rue Mazarine, 32 ;
»	MM. JUSTE, rue de Ménars, 12 ;
A *Londres,*	M. WEBB, Cork street, 22, Bond street Durlacher ;
A *Bruxelles.*	M. Étienne LEROY, place du Grand-Sablon, 12.

DÉSIGNATION

DES OBJETS

PREMIÈRE VACATION

Le Lundi 25 Mars 1861.

ARMES ET USTENSILES TURCS

1 — Ancienne carabine avec canon rubané en damas de
belle étoffe, rayé à l'intérieur, champlevé et damasquiné d'or, batterie à l'orientale, fût plaqué d'ivoire
de morse, incrusté d'argent niellé et doré et d'un
grand nombre de rosettes de marqueterie de cuivre,
d'ivoire et de corne de la plus belle exécution.

2 — Autre du même genre, dont le fût est recouvert en nacre incrustée d'argent ciselé et de rosettes de fine
marqueterie.

3 — Autre du même genre, dont le fût en bois noir est incrusté de fine marqueterie de cuivre et d'ivoire.

4 — Autre carabine du même genre, canon en damas et platine damasquinée en or; le fût est recouvert à la crosse d'argent ciselé et orné de chatons avec coraux.

5 — Petite carabine de même qualité, le canon et la batterie damasquinés d'or, la monture richement recouverte d'argent ciselé et ornée de chatons de corail et de pierreries.

6 — Grande poire à poudre en argent ciselé en relief.

7 — Pulvérin ou poire d'amorce en forme de cornet, enrichi de filigrane d'argent doré et émaillé avec chatons de corail.

8 — Sabre recourbé, lame en damas, poignée en corne, garde et fourreau en argent richement ciselé et doré.

9 — Autre sabre de selle, dit palle, lame en damas damasquinée d'or à inscriptions; la poignée en corne avec garniture et fourreau en argent doré.

10 — Autre, lame en damas, dit des Quarante Échelles, poignée en corne, fourreau couvert en peau de chagrin, avec garniture et croisette en argent gravé et doré.

11 — Autre, lame en damas, garde et garniture du fourreau en argent gravé et doré.

12 — Autre sabre du même genre, dont la lame est damasquinée d'or.

13 — Autre, lame en damas, à échelles, d'une très-grande finesse ; fourreau garni en argent gravé.

14 — Autre, lame en damas, poignée en ivoire.

15 — Trousse en chagrin noir, contenant trois javelots dits djerids, dont les hampes sont garnies d'argent ciselé ainsi que la trousse.

16 — Autre, semblable.

17 — Kantajah ou yatagan (arme d'infanterie), lame damasquinée en or avec inscriptions, poignée en morse, garnie en argent ciselé et doré, enrichie de chatons de corail ; fourreau d'argent ciselé et doré en partie.

18 — Autre, lame en damas, poignée en morse, le reste semblable au précédent.

19 — Autre, lame richement incrustée d'argent, poignée en morse, garnie de filigrane d'argent doré ; fourreau de même métal ciselé.

20 — Autre semblable, moins riche.

21 — Autre plus petit, avec poignée en argent ciselé et doré, fourreau en chagrin avec garniture comme la poignée.

22 — Poignard, lame en damas champlevé, fourreau et poignée en ébène sculpté.

23 — Autre, dont la lame est damasquinée d'or.

24 — Poignard recourbé, lame en damas, poignée en jade vert, fourreau d'argent doré.

25 — Autre de forme droite, lame italienne cannelée et repercée à jour, poignée et fourreau en ébène finement sculpté.

26 — Poignard de même forme, lame flamboyante cannelée et damasquinée d'or, poignée et fourreau en argent doré et ciselé.

27 — Poignard d'Erzeroum de forme droite, poignée et gaîne en argent doré, enrichis de filigrane et de chatons de corail.

28 — Autre semblable, lame damasquinée d'or.

29 — Autre semblable, lame non damasquinée.

30 — Autre semblable, lame en damas.

31 — Autre, semblable.

32 — Autre de même forme, lame en damas champlevé, poignée en ivoire cannelé, fourreau en argent ciselé.

33 — Autre poignard de forme courbe, poignée en morse, fourreau en argent ciselé.

34 — Autre de même forme, lame en damas champlevé de l'Inde, poignée et fourreau en argent ciselé et orné de filigrane avec chaînette.

35 — Autre semblable, sans filigrane.

36 — Petit yatagan, lame en damas, poignée en morse garnie d'argent avec coraux, fourreau d'argent ciselé orné de même.

37 — Couteau, lame en damas, poignée en ivoire garnie de filigrane d'argent doré, fourreau en argent ciselé et doré en partie.

38 — Autre plus petit, du même genre.

39 — Autre du même genre, dont la gaîne en argent ciselé avec filigrane porte au dos une inscription grecque; la poignée en morse est enrichie de grenats.

40 — Couteau et fourchette à manches d'argent ciselé; la gaîne est garnie du même métal orné de niellures.

41 — Masse d'armes en fer damasquiné d'argent; la hampe contient une dague.

42 — Autre, en argent doré et ciselé.

43 — Autre masse d'armes, en argent doré.

44 — Autre, d'une fine ciselure, dont le milieu de la hampe est garni de chagrin noir.

45 — Autre, du même genre.

46 — Autre, en bois recouvert d'argent ciselé.

47 — Autre, en corne de rhinocéros, la hampe garnie d'argent ciselé et niellé.

48 — Autre, en fer damasquiné d'argent.

49 — Marteau d'armes en acier incrusté d'argent; la hampe en chagrin noir est garnie d'argent ciselé.

50 — Autre du même genre; le fer est enrichi de niellures.

51 — Hache d'armes; le fer est damasquiné en or, la hampe en bois est recouverte en argent ciselé et doré.

52 — Autre du même genre, le fer damasquiné d'or; la hampe en chagrin est garnie d'argent doré et ciselé.

53 — Autre, en fer noir damasquiné d'or; la hampe garnie d'argent ciselé.

54 — Autre, le fer autrefois damasquiné, la hampe comme la précédente.

55 — Autre hache, le fer damasquiné d'or, hampe semblable.

56 — Autre, le fer et la garniture de la hampe damasquinés d'or, le milieu plaqué d'argent.

57 — Equipement de cheval, composé de la selle couverte en velours vert richement brodé de fin avec revêtissement d'argent ciselé et doré, orné de bossages de même métal à l'arçon et au piquet, de la bride et de l'ornement du poitrail recouverts d'argent ciselé et doré ; avec étriers en cuivre.

58 — Autre équipement, composé de mêmes pièces et d'une housse, avec appliques et ornements d'argent non doré sur fond de drap d'argent ; avec étriers en argent.

59 — Autre, composé d'une selle couverte en satin rouge, avec revêtissement d'argent ciselé et doré au piquet et à l'arçon, d'étriers d'argent également ciselé et doré, de la bride, bridon et ornements de poitrail recouverts de même métal, et d'une grande housse en velours rouge richement cloutée d'argent.

60 — Housse en drap d'argent richement cloutée de même métal.

61 — Autre semblable.

ARMES ET USTENSILES ALBANAIS

62 — Paire de pistolets à silex, montures en argent richement
    ciselé et niellé.

63 — Pistolet du même genre.

64 — Couteau en filigrane d'argent, lame dorée; il est sus-
    pendu à une chaîne de même métal.

65 — Petite épée en argent richement ciselé.

66 — Autre du même genre avec parties dorées et niellées.

67 — Fusil, platine à silex; la monture est couverte d'argent
    richement ciselé.

68 — Plastron d'armure en cuir recouvert de plaques d'ar-
    gent ciselé avec chaînettes.

69 — Autre semblable avec bossettes ornées de turquoises.

70 — Fourniment de cartouches en argent gravé et filigrané.

71 — Ceinture de femme en filigrane d'argent doré, enrichie
    de coraux et de pierres fausses.

72 — Plaque de ceinture de femme de travail analogue.

73 — Autre plaque, d'un riche travail de filigrane d'argent enrichi de coraux.

74 — Autre plaque semblable en filigrane doré et enrichie de turquoises.

75 — Autre en filigrane d'argent doré.

76 — Autre à agrafe en filigrane d'argent.

77 — Deux supports de tasses à café en argent ciselé et doré, enrichis de filigrane et de coraux.

78 — Plaque de ceinture de femme en filigrane d'argent doré avec parties émaillées.

70 — Poire à poudre formée d'une coquille burgau gravée, monture en filigrane d'argent doré orné de grenats.

ARMES ET USTENSILES ARABES

80 — Grand poignard du Hedjaz, de forme recourbée, lame en damas avec inscriptions damasquinés en or, poignée et fourreau d'argent ciselé et enrichi d'un travail de grains du même métal; baudrier brodé en fin.

81 — Poignard courbe, lame en damas, poignée en fer ciselé et doré, fourreau d'argent ciselé et doré en partie.

82 — Autre du même genre, lame flamboyante en damas damasquiné d'or, fourreau et poignée en argent ciselé et doré.

83 — Autre du même genre, lame en damas damasquiné d'or, poignée et fourreau en argent ciselé à écailles et doré.

84 — Autre de même forme en argent uni.

85 — Autre semblable en argent gravé et doré.

86 — Autre, lame damas damasquiné or, poignée et fourreau en argent uni.

87 — Autre semblable.

88 — Poignard marocain, lame courbe, fourreau en argent ciselé.

89 — Petit couteau en argent ciselé.

90 — Cassolette à brûler les parfums, en argent repoussé et ciselé. Elle offre à peu près la forme d'un vase dit *à la Médicis*, supporté par trois griffons sur un plateau rond ciselé de fleurs.

91 — Bouteille à essences à col effilé terminé en pointe, en argent ciselé entremêlé de filigrane.

92 — Ancien casque arabe de forme conique renflée, le timbre est cannelé et décoré d'inscriptions ciselées et dorées.

93 — Autre casque de même forme et travail, les inscriptions sont damasquinées d'argent. Il est orné d'un porte-plumail curieux.

94 — Autre de même forme et de travail analogue. Sans porte-plumail.

95 — Autre richement gravé, à cannelures formant des losanges.

96 — Autre avec cannelures en spirale.

97 — Autre formé de lames d'acier réunies par de la maille.

98 — Grande et belle trousse mauresque d'écuyer tranchant composée de trois grands couteaux à manche d'ivoire avec lame en damas damasquiné d'or; la gaîne, en forme de carquois, est en argent doré en partie, repercée à jour avec une délicatesse admirable. Au centre elle porte une bague et à l'extrémité une boule enrichies d'émaux et de pierreries.
Provient de la vente Debruge.

ARMES HONGROISES

99 — Sabre, lame en damas, poignée et garniture en argent
ciselé, niellé et doré, enrichies de petits rubis, émeraudes et turquoises.

100 — Autre avec poignée et fourreau semblables au précédent, lame en damas avec inscription d'or qui con-
state qu'elle a été fabriquée à Damas même.

101 — Autre, lame en damas damasquinée d'or et d'argent,
poignée et garniture en argent ciselé et doré, avec
chatons de jade incrustés de rubis et turquoises sertis d'or; le ceinturon broché d'or est garni d'argent
niellé et doré.

Ces trois numéros seront vendus dans la qua-
trième vacation.

DEUXIÈME VACATION

Le Mardi 26 Mars 1861.

ARMES ET USTENSILES DE L'INDE

102 — Armure composée d'une chemise de maille à collet renversé et découpé à pointes et d'une culotte de même travail, ornées de dessins formés par de la maille de cuivre sur fond de fer; d'un casque, de deux brassards et d'un corselet composé de quatre plaques; le tout en damas damasquiné d'or. La garniture de la maille et celle des brassards sont en velours clouté d'or.

103 — Autre, composée d'une chemise de maille, d'un casque avec maille, de deux brassards portant des emblèmes, d'un corselet composé de cinq plaques à charnières, le tout en damas richement damasquiné d'or avec inscriptions.

104 — Autre, composée d'une chemise de maille, d'un casque avec maille, de deux brassards et d'un corselet de quatre plaques; le tout en damas champlevé damasquiné d'or, avec inscriptions et pierreries.

105 — Autre armure, se composant des mêmes pièces : la maille, de qualité très-rare, est tissue d'un rang de médaillons découpés d'une seule pièce avec traverse à leur centre et d'un rang de mailles soudées.

106 — Autre, composée d'une chemise de maille, d'un casque avec maille et deux brassards en beau damas damasquiné d'or.

107 — Corselet composé de quatre plaques en damas damasquiné d'or avec inscriptions.

108 — Corselet de belle qualité provenant d'une armure d'enfant.

109 — Corselet en damas champlevé richement damasquiné d'or avec inscriptions. Il manque une plaque.

110 — Costume de guerre composé de six pièces et d'une paire de bottes recouvertes en velours cramoisi clouté de cuivre doré.

111 — Beau casque en damas champlevé et damasquiné d'or à ornements et inscriptions, garni d'une maille très-fine à dessins de cuivre.

112 — Autre casque de même travail.

113 — Autre semblable, à trois porte-aigrettes.

114 — Autre en beau damas entièrement couvert d'ornements et d'inscriptions en or.

115 — Brassard richement laqué en or et noir, sur fond
rouge, le gantelet en maille avec rosettes en argent
portant des inscriptions.

116 — Brassard en très-beau damas champlevé et damasquiné
d'or, avec son gantelet en maille très-fine à dessins
de cuivre.

117 — Paire de brassards, même qualité.

118 — Chemise de très-grosses mailles composée de maillons
d'une seule pièce portant une inscription et de maillons rivés.

119 — Autre de même travail, plus forte.

120 — Capeline (armure de tête) en mailles de fer mêlées de
dessins de cuivre,

121 — Très-beau bouclier en damas champlevé et damasquiné d'or avec inscriptions, le revers est de même
travail d'ornementation. Il est décoré de quatre
bossettes à ornements découpés à jour et d'un croissant.

122 — Autre bouclier de plus grande dimension, travail analogue au précédent, avec quatre bossettes du même
genre, garni intérieurement de velours cramoisi
brodé en fin.

123 — Autre en damas champlevé et damasquiné d'or à arabesques et inscriptions; la doublure en velours violet
brodé d'or.

124 — Autre bouclier semblable, sans inscriptions; la doublure en velours rouge brodé d'or.

125 — Autre de même qualité, la doublure en velours violet brodé d'or.

126 — Autre, présentant au centre une riche inscription en grands caractères damasquinés d'or, doublé en velours violet brodé d'or.

127 — Petit bouclier en damas très-pesant et damasquiné d'or à rinceaux et inscriptions avec bossettes contenant des doublets imitant des rubis. Il est doublé d'une étoffe de châle à palmettes d'or.

128 — Bouclier très-convexe en cuir d'hippopotame laqué d'or à inscriptions sur fond noir avec quatre bossettes et un croissant en cuivre ciselé et doré.

129 — Autre de cuir d'hippopotame richement laqué d'arabesques et de figures d'animaux en or sur fond jaune transparent, avec bordure d'inscriptions de même travail. Les six bossettes en argent ciselé.

130 — Autre de même cuir et de pareils décors sur fond brun, les six bossettes en argent doré émaillé bleu.

131 — Autre de même cuir laqué noir avec ornements dorés, orné de quatre bossettes en cuivre ciselé et doré.

132 — Autre du même genre, laqué de fleurs de couleur sur
fond noir, avec quatre bossettes et quatre petites rosaces en argent ciselé.

133 — Autre en cuir d'hippopotame transparent avec ornements laqués or et six bossettes en fer poli.

134 — Grande et forte lance à tuer les éléphants, en fer
champlevé à ornements et figures richement plaqués
d'argent ciselé et ornée de damasquinure et de cristaux de roche. La hampe en bois laqué noir et
rouge. Pièce que l'on peut considérer comme
unique.

135 — Grand harpon de cornac, richement ciselé et plaqué
d'argent, travail d'un très-beau style. Pièce également remarquable.

136 — Sabre à lame de damas en forme de yatagan, damasquinée d'or: la garde est de même métal et travail.

137 — Autre de Delhy, lame en damas forme spatule à tranchant dentelé en scie, damasquinée d'or ainsi que
la poignée; fourreau en velours violet.

138 — Autre semblable, sans dentelure.

139 — Autre du même genre, très-richement damasquiné
d'or; le fourreau en velours rouge est brodé d'argent.

140 —· Autre sabre semblable; le fourreau n'est pas brodé.

141 — Sabre recourbé, lame avec inscription incrustée d'or;
la poignée en damas est recouverte des mêmes caractères et présente une tête de tigre en relief;
le fourreau en cuir rouge gaufré avec bout en or.

    Cette riche arme a appartenu au sultan Tippoo-
Saïb.

142 — Sabre à lame très-courbe en damas, incrustée d'une
inscription d'or; la poignée de même métal est damasquinée d'or.

143 — Autre, lame demi-courbe en damas, sans inscription.

144 —· Autre du même genre; la lame en damas est champlevée d'une frise d'animaux, la poignée est damasquinée d'or.

145 — Autre de même forme, lame en damas, poignée damasquinée d'or, fourreau en brocart.

146 — Autre semblable, lame avec très-riche damasquinure
d'ornements et d'inscriptions d'or.

147 — Autre. lame en damas de forge, poignée en fer damasquiné d'or, fourreau en brocart.

148 — Joli sabre d'enfant, lame en damas damasquiné d'or
ainsi que la poignée, avec inscriptions; fourreau et
baudrier en velours brodé d'or.

149 — Autre du même genre, le fourreau en maroquin rouge garni en argent ciselé et doré.

150 — Petit sabre birman, dont la poignée, le talon de la lame et le fourreau sont en argent richement ciselé à figures chimériques et ornements de très-beau style.

151 — Autre sabre semblable.

152 — Beau fusil de Ceylan dont le canon est incrusté d'argent ; le mécanisme de la batterie est à l'extérieur, selon l'usage des Orientaux ; le fût de cette arme vraiment magnifique est recouvert d'écaille en partie laquée et en partie sculptée à jour de rinceaux de la plus grande finesse, entremêlés d'animaux chimériques ; la plaque de couche de la crosse, l'entourage de la platine et la partie qui avoisine la culasse sont revêtus d'argent ciselé à jour, d'une richesse, d'une exécution admirable.

153 — Fusil avec canon et platine en damas damasquiné d'or, d'un travail très-fin ; monture finement laquée de sujets de chasse sur fond or. De Delhy.

154 — Fusil de Rajpootana dont la platine et le canon sont richement damasquinés d'or, monture laquée et garnie d'argent.

155 — Arc de Gwalior en damas richement damasquiné d'or ; les ornements de ce bel arc sont entremêlés d'inscriptions.

156 — Autre arc semblable en acier bleu.

157 — Masse d'armes de Delhy, dont la poignée est semblable à celle des sabres du pays. Cette arme, tout en damas, est finement damasquinée d'or.

158 — Hache d'armes plaquée d'argent doré, dont la hampe recouverte d'or ciselé de fleurs renferme un petit couteau.

159 — Autre dont le fer et la hampe sont en damas fin damasquiné d'or.

160 — Autre dont le fer et la hampe sont plaqués d'argent ciselé et doré. Elle renferme un couteau.

161 — Autre semblable.

162 — Marteau d'armes, le fer en forme de poignard et la hampe en damas damasquiné d'or, fourreau en velours violet.

163 — Autre semblable, fourreau velours violet brodé.

164 — Autre de même forme, le talon du fer orné de figures de tigres et d'éléphants en ronde bosse et plaqué d'argent doré, la hampe recouverte d'argent ciselé et doré en partie, fourreau en velours violet.

165 — Autre du même genre; le fer en damas damasquiné d'or ne présente pas d'animaux.

166 — Hache d'armes dont le fer en forme de fauchard représente à sa base une tête d'éléphant plaquée d'argent ciselé et doré ainsi que la hampe, qui renferme un couteau. Le fourreau de la hache est en velours garni de cuivre ciselé et doré.

167 — Autre semblable.

168 — Autre hache en jade vert, la hampe couverte en peau de requin, avec garniture d'argent ciselé.

169 — Deux couteaux orbiculaires d'Akalis, en damas damasquiné d'or avec inscriptions. Ils se lancent attachés à une longue courroie.

170 — Kathar dont la monture est entièrement damasquinée d'or à fleurs, l'évidure de la lame en beau damas forme un guilloché ; le fourreau en velours est garni d'argent doré enrichi de pierreries.

171 — Autre, lame en damas, monture damasquinée de deux ors à fleurs, fourreau en cuir.

172 — Autre, dont la monture est couverte d'ornements très-finement damasquinés en or, lame en damas.

173 — Autre, lame double en damas à talon champlevé d'ornements plaqués d'or ; la monture en damas, remarquable autant par sa forme élégante que par l'exquise délicatesse de sa damasquinure d'or, est enrichie de turquoises. Le fourreau est en velours bleu brodé de fin, et se termine par deux bouts en fer damasquiné d'or.

174 — Autre kathar, également remarquable par la finesse
du travail. Fourreau en velours rouge garni de
deux bouts damasquinés.

175 — Autre plus petit, du même genre.

176 — Autre, de même travail et finesse ; la lame double est
dentelée et en damas, fourreau en velours.

177 — Poignard à lame recourbée en beau damas ; la poignée,
en jade blanc d'un seul morceau taillé en forme de
fleur, est richement incrustée de rubis et d'émeraudes sertis d'or fin ; fourreau en velours vert
avec bélière et bout en or finement repercé à jour.

Le général Ventura, qui a été propriétaire de
cette arme, affirmait qu'elle avait originairement
appartenu au sultan Mahmoud-Gazenadi.

178 — Poignard à lame flamboyante en damas damasquiné
d'or ; la poignée et la bélière sont en jade vert
foncé, incrusté de jade blanc serti d'or.

179 — Autre poignard à lame en damas recourbé en forme
d'S, la garde damasquinée d'or ; le fourreau, en velours vert, est garni de cuivre gravé et doré.

180 — Autre de même travail ; la lame, à courbure simple, a
le tranchant dentelé.

181 — Autre de même genre ; la poignée, en damas, est terminée par une tête de cheval, le fourreau est brodé
d'argent.

182 — Gros couteau de Ceylan; le manche, en ivoire sculpté,
est garni d'ornements en cuivre ciselé et doré; le
fourreau, en bois, porte une large bélière du même
métal.

Collection Debruge.

183 — Autre; la lame est champlevée et ciselée, plaquée d'argent du travail le plus exquis; la poignée, en écaille
finement sculptée, est garnie d'or fin d'un travail
aussi parfait que celui de la lame; le fourreau, en
argent, est orné de riches filigranes.

Collection Debruge.

184 — Autre du même genre, garni en argent, de même travail.

Collection Debruge.

185 — Autre plus petit que les précédents, d'un travail précieux; le talon de la lame, la garniture du fourreau,
sont d'or pur, et la calotte qui recouvre l'extrémité
de la poignée est sertie de rubis.

Collection Debruge.

186 — Autre, à peu près semblable, en argent.

187 — Trousse à écrire de Ceylan. Elle se compose du couteau à talipot et du poinçon qui sert à écrire; le
manche du couteau est en écaille garnie de cuivre
ciselé et doré, ainsi que le poinçon et la gaîne en
bois.

188 — Autre trousse du même pays. Elle contient de plus un petit poinçon fourchu, qui sert à tracer les lignes ; les manches de ces instruments sont damasquinés d'argent.

189 — Autre, semblable à la précédente.

190 — Fourreau de couteau de Ceylan, en argent orné de filigrane.

191 — Poignard à lame recourbée, poignée et fourreau en cuivre ciselé et doré : la poignée est enrichie de pierreries.

192 — Autre, lame en damas, poignée et garniture du fourreau en cuivre ciselé et doré ; la poignée est enrichie de pierreries et forme boîte à nécessaire.

193 — Autre, du même genre, la poignée en cristal bleu.

194 — Autre, semblable, poignée en cristal vert.

194 *bis.* — Autre, en tout semblable au précédent.

195 — Petit fouet à manche d'ivoire garni d'argent doré et de filigrane, enrichi de cristaux de roche ; la lanière en tissu d'argent.

196 — Poire d'amorce pisciforme en ivoire sculpté, représentant des groupes d'animaux d'espèces variées.

197 — Beau narghilé en argent doré, repercé à jour et enrichi de quantité de pierreries.

198 — Anneau pour tirer de l'arc, en jade blanc incrusté d'or
et de grenat.

199 — Bouteille de ceinture en bois recouvert d'appliques
d'argent ciselé.

200 — Autre semblable.

TROISIÈME VACATION

Le Mercredi 27 Mars 1861.

ARMES DE PERSE

201 — Sabre, lame en damas, le fourreau recouvert en chagrin gaufré et doré, avec poignée, bout et bélières
en damas damasquiné d'or.

202 — Autre, lame en damas du Korassan, poignée d'ivoire,
fourreau en chagrin noir gaufré, garde et bélières
en damas richement incrusté d'or en relief, bout en
or.

203 — Autre, lame en damas damasquiné d'or, poignée en
corne, fourreau en chagrin noir gaufré, avec garde
et garniture en damas damasquiné d'or, bout en argent ciselé et doré.

204 — Autre, du même genre, poignée en ivoire, bout en
damas damasquiné.

205 — Autre sabre, poignée en morse avec entourage en or émaillé, lame en damas, fourreau en chagrin noir gaufré, la garde et les bélières en damas champlevé d'ornements et d'inscriptions damasquinés d'or, bout en argent ciselé et doré.

206 — Autre semblable, bout en cuir.

207 — Masse d'armes, dont les ailerons sont en jade vert incrusté de pierreries serties d'or, la hampe en argent richement ciselé, niellé, doré et incrusté de pierreries.

208 — Hache d'armes, dont le fer en damas champlevé est damasquiné d'or, la hampe revêtue d'argent ciselé et doré.

209 — Hache semblable.

210 — Autre, le fer en damas champlevé à sujets de chasse damasquinés d'or, la hampe en chagrin noir à garniture en argent ciselé.

211 — Poignard, lame en damas champlevé, en forme d'S, damasquinée d'or, la poignée en cristal de roche gravé en relief, ornée de turquoises et garnie d'argent doré, émaillé ; gaîne en velours brodé d'or.

212 — Autre, lame en damas damasquiné d'or, poignée en morse, gaîne en or richement émaillé à fleurs et figures.

213 — Autre poignard, du même genre, lame en damas et
    entourage de la poignée en morse champlevés d'in-
    scriptions, gaîne en chagrin gaufré.

214 — Poignard à lame recourbée en damas, poignée et four-
    reau en cuivre émaillé de fleurs sur fond blanc, en-
    cadré d'un fond bleu à réserve de fleurs d'or.

215 — Poignard de même forme et travail, lame en damas
    damasquiné d'or, fourreau et poignée émaillés de
    cartouches blancs à fleurs sur fond noir, également
    émaillé de fleurs.

216 — Autre de même genre, dont la lame n'est pas damas-
    quinée.

217 — Autre semblable.

218 — Autre de même genre.

219 — Autre de même genre.

220 — Poignard à lame recourbée en damas, poignée en
    morse, fourreau en damas champlevé et damasquiné
    d'or.

221 — Autre de même genre, lame en damas, poignée et
    garniture du fourreau en acier incrusté d'or, le mi-
    lieu de la gaîne en argent ciselé et doré.

222 — Autre de même forme, lame damasquinée d'ornements et d'inscriptions d'argent, avec perles mobiles dans le repercé de la lame, poignée d'ébène avec garniture d'argent doré.

223 — Autre, lame courbe en damas champlevé, la poignée et la garniture du fourreau également en damas champlevé et damasquiné d'or.

224 — Autre du même genre.

225 — Très-beau couteau dont la lame, en damas champlevé, renferme des perles courant librement dans la rainure du dos et dans la garniture du manche; le fourreau, en velours vert richement brodé, avec fleurs de perles fines.

Pièce très-remarquable.

226 — Autre de même forme, lame et manche en damas damasquiné d'or. Ce couteau, qui est creux, en contient un autre de même qualité, lequel en referme un troisième dont le manche est en ivoire; fourreau en velours violet.

227 — Autre, lame en damas damasquiné d'or, poignée en morse; la gaîne, en chagrin gaufré et doré, est garnie d'une bélière en argent doré et émaillé.

228 — Autre du même genre.

229 — Autre, lame en damas champlevé et damasquiné d'or, poignée en morse, gaîne en chagrin noir gaufré.

230 — Autre couteau du même genre, fourreau en velours.

231 — Couteau à lame en damas, la poignée en morse garnie d'or émaillé à fleurs, gaîne en chagrin.

232 — Très-beau poignard avec lame recourbée en damas champlevé damasquiné d'or; la poignée et la garniture du fourreau en acier champlevé, ciselé en relief et damasquiné d'or, d'un travail des plus remarquables. Cette arme a dû être exécutée en Perse pour le Japon. Elle porte des inscriptions.

233 — Poignard à lame recourbée et cannelée en damas, avec poignée en ébène ornée de rosaces et entourage en argent niellé; fourreau de même métal richement ciselé et niellé, doré par parties. D'un beau travail ancien.

234 — Autre semblable, plus petit.

235 — Autre du même genre, à poignée de morse.

236 — Étriers en fer, richement damasquinés d'or.

237 — Mors de bride en fer du même travail.

238 — Autre semblable.

239 — Poire d'amorce en damas, garniture repercée à jour et damasquinée d'or.

240 — Autre poire d'amorce semblable.

241 — Autre de même forme en nacre de perles gravée en relief, incrustée de pierreries, garniture damasquinée d'or.

242 — Autre en forme de calebasse, délicatement laquée de fleurs, d'oiseaux et d'insectes en or et couleur.

243 — Cartouchière de ceinture, en argent recouvert de filigrane émaillé.

244 — Fermail de ceinturon formé de deux agrafes, de forme circulaire, en argent doré, orné de jade, incrusté de pierreries serties d'or et entourées de turquoises.

245 — Bouteille à essences, à col effilé et terminée en pointe, en argent, partie dorée et émaillée, enrichie de filigrane : d'un travail aussi délicat qu'élégant.

246 — Sceptre en bois sculpté et laqué d'or et couleurs ; il est surmonté d'une main symbolique tenant un poisson.

Ce sceptre, qui est réellement celui du shah Abbas-Mirza, est tombé au pouvoir des Russes lors de la prise de Tébris.

247 — Selle recouverte en cuir peint, dont le pommeau est revêtu d'or ciselé. Elle est accompagnée de la bride et de l'ornement du poitrail, enrichis de passants et de bosselettes d'or émaillé et serti d'émeraudes et autres pierreries, avec housse en velours noir brodé d'argent, d'or et de couleur.

ARMES TCHERKESSES ET GÉORGIENNES

248 — Ancienne armure, composée d'une chemise de mailles
rivées, ornée de bossettes et d'aiguillettes en argent,
d'un casque en forme de calotte en fer plaqué d'argent, ciselé et doré, avec garniture en mailles, et de
brassards de même matière et travail que le casque.

249 — Autre du même genre, très-ancienne, composée des
mêmes pièces, avec forme conique; la chemise de
mailles n'a pas d'ornements d'argent.

250 — Autre de même genre; le casque, en forme de calotte,
est revêtu d'argent à ornements gravés et dorés, sur
fond blanc niellé, les brassards avec garniture d'argent ciselé.

251 — Autre, avec chemise de fines mailles rivées, bordée
d'anneaux de cuivre; le casque est plaqué d'argent
niellé et doré, ainsi que les brassards, garnis de gantelets de mailles.

252 — Autre armure dont la chemise, à gros maillons rivés,
a un collet renversé de mailles fines découpées à
pointes. Le casque ou calotte et les brassards sont
damasquinés d'or avec inscriptions et garnis de leurs
mailles. Ils sont entourés d'argent doré et niellé.

253 — Autre armure, composée du casque à mailles recouvert
en argent, partie ciselée et dorée et partie unie,
et des deux brassards de même travail, avec les
gantelets en mailles.

254 — Autre armure, composée d'une chemise en mailles fines
rivées, avec trois agrafes en argent, l'extrémité en
mailles de cuivre; elle est accompagnée d'un collet
enrichi de coraux et de rosettes d'argent estampées;
d'un casque forme calotte recouvert d'argent, à ornements ciselés, dorés et niellés, avec pierreries. Il
est entouré de plaques de même travail, reliées par
des mailles, et deux brassards garnis d'argent ciselé.

255 .— Brassard en damas damasquiné d'or, avec gantelet de
mailles enrichi de bosselettes en filigrane et de clous
d'argent.

256 — Autre du même genre, non damasquiné.

257 — Paire de pistolets avec canons en damas, damasquinés
d'or, platines à silex, de même travail, dont le mécanisme est en dehors; montures en argent, richement niellées et dorées.

258 — Pistolet du même genre, avec monture recouverte en
chagrin garni en argent niellé.

259 — Autre du même genre, dont le pommeau est en morse

260 — Sabre, lame en damas de forge, poignée en peau de
requin, garnie de cuivre; fourreau en chagrin,
garni de même.

261 — Autre semblable, à lame évidée, poignée en argent
doré et niellé, garniture du fourreau et du ceinturon de même.

262 — Autre semblable.

263 — Poignard à lame droite, poignée en érable, gaîne en
chagrin garnie de fer, damasquiné d'or.

264 — Autre, lame cannelée en damas de forge, damasquinée
d'or, avec inscriptions, poignée d'ivoire, gaîne en
chagrin garni d'argent niellé et doré.

265 — Autre de même forme; il est garni d'un couteau et
d'un poinçon.

266 — Poignard de même forme, poignée en ivoire garnie en
or émaillé, fourreau en velours garni de même. Couteau et poinçon.

267 — Autre semblable, fourreau en chagrin.

268 — Poire d'amorce en ivoire de morse, garniture damasquinée d'or.

269 — Autre en corne, plaque en morse, garnie d'argent ciselé, niellé, doré et orné de pierreries.

270 — Autre, formée d'une corne aplatie, garnie en argent
niellé et doré.

271 — Autre, de mêmes forme et travail.

272 — Autre semblable.

273 — Autre *dito*.

274 — Fourniment d'étuis à cartouches en argent niellé.

275 — Autre semblable.

276 — Baudrier géorgien, formé d'une chaîne gourmette en
forme de cordon, avec garniture ciselée, en argent.

277 — Arc en bois recouvert de corne et laqué d'or. Il est
accompagné de son étui et du carquois en cuir rouge,
garni d'argent doré, ainsi que des flèches.

278 — Autre, avec accessoires semblables, étui et carquois en
double.

279 — Cornet à boire, formé par une corne de buffle garnie
en argent niellé.

280 — Autre semblable.

281 — Ancien bracelet en argent ciselé, niellé et émaillé.

QUATRIÈME VACATION

ARMES POLONAISES

282 — Sabre à lame de damas incrustée d'or, représentant la
Vierge, sur la tête de laquelle deux anges soutien-
nent une couronne, avec inscription en langue po-
lonaise.

283 — Autre, poignée en cuivre doré et émaillé, fourreau en
chagrin, avec garniture de mêmes métal et travail.

284 — Autre, garni en fer ciselé, de haut relief, fourreau en
chagrin, garni de même.

285 — Autre, garni en fer ciselé de haut relief, fourreau en
chagrin, garni de même.

286 — Autre, à peu près pareil, avec son ceinturon broché
d'or.

287 — Autre, avec lame incrustée d'une inscription d'or :
DOMINUS MEUS ET DEUS MEUS ; garniture d'argent
niellé et damasquiné d'or, le fourreau en chagrin,
garni de même.

288 — Autre sabre, garni de cuivre ciselé et doré, fourreau en chagrin, garni de même.

289 — Equipement de cheval, composé d'une selle couverte en velours rouge, brodé de fin, avec revêtissement d'argent doré et ciselé au piquet et à l'arçon, de bride, croupière, ornements de poitrail, recouverts de même métal, et du même travail.

290 — Autre équipement de cheval, composé des mêmes pièces que le précédent, enrichi d'argent ciselé et doré, avec appliques de nacre incrustée d'or. Sans selle.

291 — Autre de travail analogue, garni de même métal, sans nacre. Également sans selle.

292 — Bride ou rène en argent, dorée en partie.

ARMES RUSSES

293 — Paire de pistolets à silex, du système primitif, canons et platines richement ciselés, montures en bois d'Amboine, sculptées avec une finesse remarquable, garniture en argent ciselé.

294 — Autre paire de même genre, canons en damas de forge, batteries ciselées et dorées, montures en bois de corail uni, garnies en argent ciselé et doré.

295 — Autre paire de pistolets, dont les platines portent le mécanisme à l'extérieur; montures unies et garnies en argent ciselé.

296 — Autre paire semblable.

297 — Petite poire d'amorce formée d'une coquille du genre porcelaine, garnie en argent doré de compartiments de filigrane émaillé.

298 — Licol de cheval d'apparat, avec plaque à armoiries, avec boucles et chaînes-gourmettes; le tout en argent ciselé et doré.

ARMES DE LA CHINE ET DU JAPON

299 — Selle chinoise couverte en velours cramoisi; l'arçon et le piquet sont recouverts d'une riche ciselure à jour de haut relief en cuivre doré, présentant des rinceaux entremêlés d'animaux chimériques.

300 — Autre selle de même travail.

301 — Paire d'étriers chinois en fer garni d'appliques de corne et de cuivre ciselé d'animaux chimériques.

302 — Sabre japonais, lame au tranchant fin et acéré; la poignée en peau de requin, ornée d'appliques repré-

sentant des dragons bizarres en or ciselé ; la garde
en acier ciselé de paysages, avec oiseaux et fleurs
rehaussés d'incrustations d'or et d'argent du fini le
plus délicat ; fourreau en bois laqué de noir.

Ce beau sabre est accompagné d'un plus petit,
selon l'usage du pays, de même travail.

303 — Autre sabre de forme et travail analogues, dont la garde
est découpée à jour. Il est également accompagné
d'un sabre plus petit, du même travail.

304 — Petit sabre du même genre ; la gaîne est incrustée de
peau de requin, de couleurs et de grains divers.

305 — Autre sabre, garde en fer noir à jour et fourreau laqué
noir.

306 — Autre semblable.

307 — Poignard à lame droite, la poignée et la gaîne en argent richement ciselé et repercé, avec parties dorées.

308 — Sorte de poignard à lame quadrangulaire, avec gaîne
en bois sculpté et laqué de rouge.

309 — Petit couteau à manche et étui en bois sculpté et laqué
de rouge.

310 — Bouclier en cuir laqué noir et doré.

311 — Autre bouclier semblable.

312 — Étriers en fer laqué et doré, de forme très-curieuse.

ARMES DE JAVA ET DE LA MALAISIE

313 — Clévan (poignard) javanais : la poignée et le fourreau
plaqués d'argent repoussé, à ornements.

314 — Espèce de couperet, du même pays; le manche et la
gaîne sont en bois rouge et garnis d'or pur, à ornements en filigrane très-fin.

315 — Sabre malais à lame recourbée, en damas de forge; la
poignée en or ciselé à écailles est surmontée d'une
tête de chimère en ivoire sculpté; le fourreau recouvert d'or ciselé.

316 — Grand kriss (poignard) du même pays; la lame flamboyante est incrustée d'or à fleurs; la poignée, d'or
battu ciselé et incrusté de rubis et de turquoises, figure une divinité fantastique. Le fourreau en bois,
laqué de figures d'animaux, est recouvert d'une
gaîne d'argent ciselé.

317 — Autre kriss avec lame en damas de forge et flamboyante, richement incrustée d'or; la poignée en argent doré figure la même divinité; fourreau en bois

laqué sur fond vert avec gaîne d'argent doré, ciselé, à mascarons et à rinceaux.

318 — Autre kriss à lame droite, de même damas; la poignée en bois dur finement sculptée de la même divinité avec virole d'or ciselé. La gaîne en bois couverte en argent doré à fleurs et figures.

319 — Autre, à lame flamboyante, de même damas; la poignée en ivoire de cachalot, sculptée comme la précédente, avec virole d'argent ciselé sur fond d'émail bleu et doré; la gaîne en bois recouvert comme le précédent.

320 — Autre, à lame droite de même damas; la poignée comme au précédent, avec virole sertie de petites roses en diamant; la gaîne en bois avec fourreau en argent doré uni.

321 — Autre, à lame flamboyante, même damas; la poignée comme au précédent, avec virole d'or filigrané; la gaîne en bois recouvert de velours et d'un fourreau d'or ciselé à rinceaux.

322 — Autre, à lame flamboyante incrusté d'or ciselé; poignée et gaîne en bois moiré de brun.

323 — Autre, à lame semblable ornée de petites figures d'animaux en or d'un très-beau travail; poignée en ivoire finement sculpté; gaîne en bois; fourreau d'argent ciselé de rinceaux et d'un mascaron.

324 — Autre kriss, à lame flamboyante, même damas, ornée
d'une riche incrustation en or représentant un ser-
pent à tête couronnée; la poignée en ivoire finement
sculpté, à virole en or ciselé; fourreau laqué et
doré couvert en argent, ouvert par le milieu pour
découvrir la partie laquée du fourreau.

325 — Autre, à lame semblable, avec fleurs et feuillages; la
poignée en bois de Santal finement sculpté de forme
fantastique à long bec d'oiseau recouvert en or; la
virole en or à filigrane; la gaîne en bois est recouverte d'un fourreau d'argent.

326 — Autre, à lame du même genre; poignée en ivoire
sculpté comme au précédent; virole en or; gaîne en
bois moucheté de noir et laqué de rouge d'un
côté.

327 — Autre, mêmes lame et travail; poignée en ivoire sculpté à grandes faces unies; virole en or; le fourreau
en bois se termine par un bout en corne.

328 — Autre, lame flamboyante; poignée en bois avec virole
à filigrane et perles en or; coupe en argent doré;
gaîne en bois couvert d'argent ciselé et doré.

329 — Autre, lame droite; poignée en bois sculpté, même figure; virole en or; gaîne en bois laqué de rouge
d'un côté.

330 — Autre, lame flamboyante; poignée en bois finement
sculpté; virole en cuivre; gaîne en bois.

331 — Autre kriss, lame droite; poignée en ébène sculpté à figure; virole en or; fourreau en bois veiné de noir; la garde en corne.

332 — Autre, lame droite; poignée en bois à figure; virole en cuivre; gaîne se terminant par un cordage en jonc.

333 — Deux poignards, l'un à lame flamboyante, l'autre droite; les poignées et gaînes en bois.

334 — Sceptre à manche d'argent uni, avec lame européenne gravée.

ARMES DE LA BOUKHARIE

ET DE

LA MONGOLIE

335 — Selle boukhare recouverte en ivoire de cerf laqué d'ornements en or et couleurs.

336 — Autre semblable.

337 — Couteau du même pays; lame en damas; poignée en corne garnie d'argent niellé et incrusté de turquoises; gaîne en chagrin garnie d'argent ciselé et également incrusté de turquoises.

338 — Casque mongol, de forme conique, orné de bas-reliefs, oreillettes et garde-nuque en argent repoussé et re-percé à jour.

USTENSILES MEXICAINS

339 — Paire de grands étriers en fer repoussé, repercé à jour et ciselé, de forme singulière et particulière à ce pays. Ils sont ornés d'un treillis de rosettes avec quelques parties plaquées d'argent.

340 — Autre paire, de même forme en grandeur, en fer repercé et ciselé à rinceaux.

INSTRUMENTS DE SUPPLICE

341 — Carcan de prisonnier en fer gravé à l'eau forte. Travail allemand du seizième siècle.

342 — Autre, de même époque, non gravé.

343 — Menottes ou serre-poignets, armées de pointes à l'in-térieur.

344 — Autres menottes pour serrer les pouces.

www.ingramcontent.com/pod-product-compliance
Ingram Content Group UK Ltd.
Pitfield, Milton Keynes, MK11 3LW, UK
UKHW020047100726
13658UKWH00004B/1607